U0165416

哀悼日記

日記

Journal de deuil

羅蘭·巴特

娜塔莉·雷潔 Nathalie Léger 編註
劉俐 譯

編者的話

娜塔莉·雷潔（Nathalie Léger）

羅蘭·巴特在母親過世後第二天，也就是1977年10月25日，開始寫「哀悼日記」。他習慣用鋼筆，有時是鉛筆，寫在一切為四的標準紙張上。工作檯上，永遠都置放一些備用。

寫日誌這段期間，巴特同時在準備法蘭西學院《中性》（Le Neutre）課程[1]（1978年2至6月），撰寫《很長一段時間，我早早就上床了》的講稿（1978年12月）；還在許多報紙和期刊上發表文章。1979年4至6月間，完成《明室》（La Chambre claire）[2]，1979年夏天寫了幾頁《新生》（Vita Nova）的寫作計畫，並準備法蘭西學院另一課程《小說的醞釀》（La Préparation du roman）[3]（1978年12月至1980年2月）。這些重要作品，每一部都很清楚的是在喪母的心情影響下撰寫的，而其源頭就是「哀悼日記」的這些札記。

這些文字主要是在巴黎和拜雍（Bayonne）附近的小城郁爾（Urt）寫的。巴特有時會和他的弟弟米歇（Michel）

1　譯註：此課程內容經整理，於2002年出版：《Le Neutre》，瑟伊（Seuil）出版社；簡體中譯版《中性》，收入「羅蘭·巴爾特文集」，張祖建譯，中國人民大學出版社，2010。

2　譯註：《明室·攝影札記》，許綺玲譯，台灣攝影工作室出版，1995。

3　譯註：簡體中譯版《小說的準備》，收入「羅蘭·巴爾特文集」，李幼蒸譯，中國人民大學出版社，2010。

和弟妹瑞秋（Rachel）在此小住。這段期間，巴特也經常出門，他很喜歡去摩洛哥，應邀定期講學。

日誌手稿目前收藏在「當代出版記憶研究院」（IMEC，Institut Mémoires de l'Edition Contemporaine）[4]。

現在「哀悼日誌」將這一張張札記，完整呈現。原文次序不明時，重新按日期排列。由於紙張的尺寸很小，文字很精簡，有時會寫到反面，甚至延續到好幾張紙的背面。文中的人名縮寫，都是他的親近朋友，全部保留。書中的括號是巴特自己加的。編輯為交代背景或出處，在書頁下加了註腳。

巴特的母親翁怡葉·班傑（Henriette Binger）生於1893年。二十歲嫁給路易·巴特，二十二歲為人母，一年後，丈夫死於戰場，從此守寡，去世時，年八十四。

這本書不是作者自己完成的作品，僅能假設是他的一個寫作計畫，有助於他的寫作，也因此，有助於了解他的作品[5]。

4　譯註：法國收藏所有有關當代出版及創作過程的資料庫，成立於1988年。
5　本書的編輯有賴友人貝納·康蒙（Bernard comment）和艾瑞克·馬遜（Eric Marty）的協助。

哀悼

日記

Journal de deuil
1977.10.26—1979.9.15

羅蘭·巴特

目錄

哀悼

日記

1977.10.26—1978.6.21

1977.10.26

「新婚之夜」。
但「新喪之夜」？

——你從沒見過女人的身體！

——我見過母親生病的身體、垂死的身體。

每日清晨，約莫六點半，外面天色尚暗，
門房開始把鐵皮垃圾筒往外拖。

聽見聲響，她總會舒口氣說：天總算亮了
（她整夜為病痛折磨，獨自承受。煎熬）。

親人一過世，其他人就汲汲於重新規畫未來
（換家具等等）：未來躁動症。

誰知道？也許這些札記中也含些金砂？

—— SS：我會領著你，帶你去做安心的療程。

—— DH：六個月以來，你一直鬱鬱寡歡，
因為你早已經知道。喪事、憂鬱、工作等等——
但這種種你都不讓人察覺，像她的習慣。

焦躁。不，喪慟（憂鬱）不是一種病。
既非病，他們指望我如何治癒？
回到什麼狀態？什麼生活？
服喪要努力的，應是通過它而重生，
不再是一個平凡的人，
而是一個更道德、更有價值的人，不僅是服了喪而已。

長生不老。
我從沒聽過如此奇怪、不可確知的狀態：
我實在不明白。

10.27

所有人都在估算——我可以感覺——傷喪的強度。
但它是不能度量的
（外在表徵都是沒有意義且自相矛盾的）。

──「永遠不再、永遠不再！」

──矛盾的是：這「永遠不再」也不是永遠的，
因為你自己也有一天會離去。
「永遠不再」是不死的人才能用的詞。

10.27

聚會人太多。愈來愈無謂，卻躲不掉。
當我想到她，她就在我旁邊，於是一切崩解於瞬間。

此時此刻，漫長、無邊無際的傷喪歲月沉重開始。

兩天來，頭一次能接受我自己會死的想法。

護送媽媽大體移靈。

從巴黎到郁爾（JL和護送者同行）：

中途在索伊尼〔Sorigny，突爾〔Tours〕之後〕

一個平民小咖啡館午餐。護送者遇到一位「同行」

（護送遺體至上維納省〔Haute-Vienne〕），

就去跟他共進午餐。

我和尚路易（Jean-Louis）則往廣場邊去

（醜陋的死者紀念碑），

泥濘地、雨的燜味，乏味的小鎮。

然而，一股生的欲望（因為雨溫柔的氣息），

第一次鬆動，一陣短暫的悸動。

奇怪的是，她的聲音我那麼熟悉，
人家都說聲音正是回憶的種子
（「那親切熟悉的語調……」），
我卻聽不見。像是局部性失聰……

「她不必再受罪了」，
這個句子裡的「她」，是誰？
句子裡的現在時態是什麼意思？

想到以前她不是我的「全部」
——這個念頭雖然讓我害怕，但並不讓我難過。
否則，我就不會寫出那些作品了。
自從我照顧她，這六個月以來，她就是我的「全部」，
我完全忘了我寫過東西。我全心全意只為了她。
之前，她一直把自己變成透明人，好讓我能寫作。

寫這些札記，我把自己交給我最家常的一面。

她死前我的渴望（她生病期間）現在不能實現了，
否則就表示，是她的死讓我完成渴望，
也就是她的死對於我的渴望是一種解放的力量。
但她的死讓我改變，我不再渴望我原來渴望的。
現在要等待──假設這情況會發生
──一個新渴望成形，一個在她死後誕生的渴望。

傷喪的丈量法。

(《拉如斯辭典》〔Larousse〕的〈備忘錄〉)：
為父母服喪十八個月。

10.30

在郁爾：憂傷，平和、深沉（沒有陣痛）。

10.30

……她的死並沒有完全把我打垮，
這表示我拚命要活著，不顧一切，也就是說，
對我自己的死亡的恐懼仍在，沒有一丁點改變。

還有很多人愛我，
但從今爾後，我的死不會讓任何人活不下去。
──這就是不同以往之處。

（米歇呢？）

我不想談這件事，怕又只是做文章而已

——我怕不能確定它不是

——雖然文學其實正是源自這種人生真相。

週一下午三時 —— 第一次一個人回到這間公寓。
我如何能一個人在這裡過日子？
可顯然沒有別的替代之處。

一部分的我在絕望中守候；
而就在同時，另一個我，
在心裡忙於整理那些最無謂的小事。
我覺得這是一種病。

有時，一瞬之間突然一陣空白
──像是麻木──不是遺忘。
令我心驚。

看到（路上來來往往的）人的美、醜，
前所未有的、特別的尖銳。

　最讓我驚奇的：喪慟是一層層的，像硬化的痂。

（也就是說：沒有深度，一片片的表層
——或應該說每一片都是完整的。成塊的。）

有些「心不在焉」的時刻
（說著話，必要時，還能開玩笑）
——心如槁木——隨即一陣錐心之痛，淚下如雨。

感官之不可捉摸：
你可以說我沒感覺，或是表現為外在的、女性的
（「表面的」）傷感，與「真正的」痛苦形象不同
——也可以說，我是深陷絕望，努力不表現出來，
不要讓周圍的人憂心，
但有些時候，撐不住，就「崩潰」了。

這些札記之驚人，
在於寫的人萬念俱灰，卻理智清明。

（晚上跟馬可〔Marco〕聚會。）
現在我知道我的喪慟將會是一片混沌。

一方面，她要我全心投入，投入喪慟，達到絕對
（這時不是她，而是我透過她，向我要求）。
另一方面，她（這才是真正的她）要我輕鬆以對，
好好過日子，就好像她還在對我說：
「去，出去，出去透透氣……」

我今早想到、感覺到的，要在服喪時保持輕鬆，
艾瑞克（Eric）今天告訴我，
這正是他重讀普魯斯特讀到的
（敘述者和祖母之間的對話）。

今天夜裡，第一次，我夢見她了：

她躺著，全無病容，

還是穿著她那件大賣場買的粉紅色睡衣⋯⋯

11.4

今天，約莫下午五點，一切差不多整理妥當；
鋪天蓋地的寂寞，密不透風，
只有我自己死去，才到盡頭。

喉頭裡有個球堵著。
我惶惶終日，忙著砌茶，寫信、理東西——
似乎，可怕的是，我很享受整理公寓，「我的」公寓。
但這種享受是緊貼在我的絕望之上的。

所有這些說明一切工作都停擺了。

約下午六時：

屋裡很溫暖、安逸、明亮、乾淨。

我很賣力、很盡心地（一種苦澀的享受）打理：

從今以後，直到永遠，

我是我自己的母親。

傷心的下午。快速購物。
在點心舖（無意識地），買了一塊杏仁蛋糕。
那位小小年紀的女店員，
拿東西給顧客的時候總會說：「在這兒。」
這就是我照顧媽媽的時候，拿東西給她時說的。
有一回，在彌留之際，她回應著重複我的話：「在這兒」
（我在這兒，這一輩子，我們不斷對彼此說的話）。
聽到店員說這個字，眼淚奪眶而出。
哭了很久（回到死寂的公寓之後）。

就這樣我清楚捕捉到我的喪慟。
它不完全在孤寂中，在經驗中；
我很從容，有一種自制，
會讓別人以為我沒有他們想像的那麼傷心。
這傷痛在於愛的關係──「我們曾相愛」──的撕裂，
從最炙烈之處到最抽象的……

飄浮無著的週日早晨。

一個人。第一個沒有她的週日早晨。

我清楚體認這一星期的週期。

今後我得面對悠長的歲月週期，沒有她。

11.6

（昨天）我領悟了很多事：
讓我忙進忙出的種種，均是無謂
（安置東西、公寓的舒適、跟朋友閒聊，
甚至嬉笑，張羅計畫，等等）。
我的喪慟出自一種愛的關係，而不是一種生活規畫。
它從我的腦中湧出，來自（充滿愛的）話語……

顛顛悠悠地服喪。

不斷回到固定的最炙烈的一點：
她在彌留狀態對我說的話，
是痛楚最殘酷、最抽象的焦點，將我淹沒。
（「我的兒、我的兒」──「我在這兒」
──「你坐得不舒服」）。

──單純的服喪，與生活方式的改變、孤獨，等等無關。
　　愛戀關係的傷痕、裂口。

──想寫的、想說的愈來愈少，除了這件事以外
　　（但我卻不能跟任何人說）。

別人祝願你有「勇氣」。
但需要勇氣的時期，是在她生病的時候。
我照顧她，看著她的痛苦、她的憂鬱，
我得躲起來，不讓她看到我的眼淚。
每一分鐘都要承擔一個決定、裝一個樣子，
這，才叫勇氣。
——現在，勇氣意味活的意志，這只嫌太多。

缺席不在是抽象的，這讓我吃驚；
然而它又是炙熱、揪心的。
我因而更了解抽象：
它是不在和痛苦，不在的痛苦——可能因此是愛？

有時候我覺得我的喪慟只是一種激動情緒，
因而慚愧，甚至自責。

然而我這一輩子不都是這樣：激動？

孤獨＝沒有人在家裡等我，
可以對他說：我幾點鐘回家，
或給他打電話告訴他：我已經回來了。

11.11

難捱的一天。
愈來愈悲傷。
我哭了。

今天——我的生日——我病了，
卻不能、也不需要告訴她了。

11.12

〔愚蠢〕：聽到蘇澤 6 唱道＊：
「我心中有深沉的悲傷」，竟然放聲痛哭。

＊這是我以前嘲笑過的 7。

---

6 譯註：傑拉德‧蘇澤（Gérard Souzay, 1918-2004），法國聲樂家，男中音，
  被認為是法國藝術歌曲（mélodies）最佳詮釋者之一

7 見《Mythologies》，Seuil，1957，頁 189–191；台灣中譯版《神話學》，
  〈布爾喬亞的聲樂藝術〉，許薔薔、許綺玲譯，桂冠出版社，1997，147 頁。
  （巴特在文中批評蘇澤在詮釋佛瑞〔Fauré〕作品時，過於戲劇化，
  以符合中產階級的音樂品味──譯註）

11.14

某方面來說，
我拒絕訴諸母親的身分，來解釋我的悲傷。

讓我覺得溫暖的是，
看到（從信件）很多人（住在遠方的）
從她在《羅蘭巴特論羅蘭巴特》[8]中出現的方式，
注意到她是什麼樣的人，我們的關係如何。
這一點我還是成功了。
現在往好的方向轉。

8　見《Roland Barthes par Roland Barthes》, Seuil, 1975；
　台灣中譯版《羅蘭巴特論羅蘭巴特》，劉森堯譯，桂冠，2004。

以前，死亡是一個事件、一個突發狀況，
因此，會讓人騷動、關切、緊張、痙攣、抽搐。
突然有一天，它不再是事件，
而是一種持續狀態、沉甸甸、無意義、無以言宣、
陰沉、求助無門：
真正的喪慟無法以任何方式表述。

11.15

不是心如絞痛就是坐立不安
有時又冒出一陣生的熱流

現在，無論在什麼地方，路上、咖啡館，
我看每一個人都像是一種行將就木之物，不可避免，
也就是說必然會死──而同樣明顯的是，
我看著他們就像我不知道這回事。

有時突然一陣強烈欲望（比方到突尼西亞旅行）；
但這些都是之前的欲望了──似乎完全過時；
它們來自另一岸、另一個國度、之前的國度。
──今天，這個國度平板無趣、死氣沉沉──失去水源
──可有可無。

11.17

（突然一陣悲慟）
（因為 V 寫信說他又在厄伊 [9] 看到媽媽，穿著灰色衣服）

喪慟：可怕的國度，但我已經不再害怕。

9　譯註：Rueil，巴黎西郊小城。

不要表現出喪慟（或至少表現得不在乎），
但必需有權在公眾間表現喪慟代表的愛戀關係。

〔身分的模糊〕有好幾個月，我是她的母親。
她過世，我好像失去了女兒
（這是比喪母更大的痛苦？我還沒想過）。

11.19

有一天想到她對我說的這些話，我不會再流淚⋯⋯
只要想到有這種可能，我就害怕。

從巴黎到突尼西亞。

一連串飛機事故。

沒完沒了地滯留在機場，擠在一大群

回家過開齋節（L'Aïd Kebir）的突尼西亞人中。

這滯留機場的可怕日子怎麼與服喪如此契合？

惶惶終日、失魂落魄、麻木不仁。
只有偶然一瞬,會出現寫作的意象:
是令人「嚮往」的東西、是避風港、是「救贖」、「計畫」,
總之,是「愛」與歡樂。
我猜想,虔誠的信徒對「神」的想望庶幾近之。

一方面，我能自在交談、興致勃勃、觀察、
像以前一樣的過日子，而同時又有陣陣巨痛。
我仍然在這種擺盪間煎熬（因為它不可解、不可捉摸）。
沒有秩序大亂，這又是額外的痛苦。
但也許是這種偏見讓我痛苦。

媽媽死後，似乎消化系統特別脆弱——
好像觸痛到她對我照顧最多的那一處：食物
（雖然她過世前好幾個月，已經不能自己下廚了。）

我現在知道**沮喪**從何而來了：
重讀這個夏天寫的日記[10]，我既被吸引又失望：
即使書寫達到極致仍是徒然。
在傷痛深處，我甚至不能牢牢抓住寫作，
沮喪油然而生。

10 巴特曾將 1977 年夏季日誌中的數頁以〈深思〉（Délibération）為題，
　發表於 1979 年冬季，《Tel Quel》期刊 No.82。

11.21
晚

「百無聊賴」

在加貝斯[11]度過難捱的夜晚
（淒風、烏雲、鄙陋的木屋、
仙木旅館〔hôtel Chems〕酒吧的假民俗表演）：
我的心思沒處藏：在巴黎不能，在旅途也不能。
沒有我的藏身之地。

11 譯註：Gabès，突尼西亞濱海古城。

令我驚悸的——或說是焦慮（不安）的是，
其實少了她不是一種缺憾
（我不能把它描繪成一種缺憾，
我的生活並沒有因此解體），
而是一個傷口，
在愛的中心，一個會痛的傷口。

我稱為自然的是，一種極端狀態，
比如媽媽在臨終意識薄弱時，並沒有只想到自己的痛苦，
她對我說：「你不舒服，坐得不舒服」
（因為我坐在一張小凳上為她搧風）。

11.26

服喪的心情竟是斷斷續續，
這令我心驚不已。

這個問題我該去問誰（才能有答案）？
心愛的人不在了，還能照樣活著，
這是不是表示我們並沒有想像中愛得那麼深……？

隆冬、夜晚、淒寒。
我身處溫暖之中，可是孤單一人。
我知道我必需習慣很自然的處於這種孤寂之中，
在其中行動、工作，
只有「不在的存在」陪伴我、牢牢跟著我。

閱讀——重拾《中性》的札記[12]。

〈擺盪〉(中性與當下)。

---

12 這是羅蘭巴特準備《中性》課程資料庫的項目之一
（法蘭西學院，1978，2月18至6月3日）。見羅蘭巴特《中性》，
巴黎瑟伊出版社，2002，由克來克〔Thomas Clerc〕編、註、引介。
可參見〈中性的作用〉(116頁) 或〈擺盪〉(170頁)。

11.29

→「服喪」
在形同自顧自的獨白中，
我向AC解釋我的悲慟是混沌的、間歇的。
因此與一般的想法不同，也不是心理分析式的。
一般認為，服喪是會隨時間變化的，會消磨，
可以「慢慢適應」。悲慟並沒有頃刻之間把一切捲走，
卻也不會慢慢消磨掉。

──對這段話，AC這麼回答：傷喪，就是這樣的。
（它因而形成**知識、簡化**的課題）。
──這讓我難受，我不能忍受別人將我的悲慟簡化──
將它普遍化──祁克果[13]語──
這就像是別人把它給偷走了。

13「只要我一說話，我表達的就成了一般狀況，如果我不開口，就沒有人了解我。」
　　祁克果《恐懼與顫抖》，笛梭 P.-H.Tisseau 法譯，
　　刊於《精神哲學》（Philosophie de l'esprit），頁93。巴特經常提到這個作品。
　　（祁克果〔Kierkegaard, 1813–1855〕，
　　丹麥神學家、哲學家，存在主義先驅──譯註）

82, 83

→「服喪」

〔向AC解釋〕

喪慟：不會磨損，不會在時間中消耗。
混亂、間歇性的：那種（人生中痛苦／愛戀的）時刻
現在仍像第一天一樣鮮活。

主詞（就是我）是現在，只能是現在式。
所有這些都不等同於心理分析：
那是十九世紀的：**時間**的、移動的哲學，
時間帶來的改變（治癒）；有機性。

參見凱吉[14]。

---

14 「現在」是美國作曲家約翰・凱吉（John Milton Cage Jr., 1912—1992）
　　研究中最重要的元素之一。
　　相關問題參見貝勒封出版社（Belfond）《為鳥而作》，1976，
　　凱吉與夏勒爾（Daniel Charles）的對話。羅蘭巴特藏書中有這部作品。

11.30

不要說服喪。
太過心理分析。
我不是在服喪。
我悲慟。

「新生」（*Vita nova*）[15]是一個激烈的動作
（中止——中止原先向前衝的方向）。

這可能有兩種相反的方向：
一）自由、強硬、真理
　　（改變我原來的樣子）
二）寬容、悲憫
　　（強化我原來的樣子）

---

15 這種對「新生」的渴望——因為心愛的人去逝而導致一種完全不同的生活，
　　很清楚的是但丁的方法。但丁為了訴說愛戀和喪傷而創造了
　　新的敘述和詩歌形式。1979年夏，羅蘭巴特以「新生」為題
　　進行一項研究計畫，他的母親，「媽媽」，是其中一個主要角色，
　　見《作品全集》，第五輯，頁1007–1018。

在每一個悲慟的「時刻」，我都以為，
就在這一刻，我第一次完成了我的喪傷。
這表示：絕對強度。

〔與巴尼耶（FM Banier）參加
艾密里歐（Emilio）家的晚間聚會〕

我漸漸不參加對話
（別人以為我瞧不起他們而不加入，這讓我難過）。
FMB（之後是尤瑟夫〔Youssef〕）構成一個很強的符碼、
魅力、風格、價值體系（其實是很有才華的），
但隨著這個體系的強度加大，我感覺被排斥在外。
這樣一來，我漸漸不掙扎了，
我不參與，不介意我的形象。
開始時是對社交周旋失去了興致，
起先還輕微，後來變得徹底。
在這過程中，又漸漸摻雜了我心中鮮活的思念：媽媽。
終而陷入一個悲慟的黑洞。

〔感覺我在失去JL ——他漸離我而去〕。
如果失去他，我會被毫不留情的拋棄，
只剩**死亡**的境域。

現在，有時我心中會頑強地浮現一個意象，
像一個將爆的氣泡：我確知：她不在了，
她不在了，永遠的、完全的不在了。
它不透明，無法形容——令人暈眩，因為沒有意義
（沒有辦法詮釋）。

一種新的傷痛。

死亡（簡單的）語言：
——「不可能！」
——「為什麼，為什麼？」
——「永遠不」
等等。

服喪：不是壓垮、不是堵塞
（這些都有「裝滿」的意味），
而是一種悲哀的空虛感：
我在警覺狀態，在等待、
在窺伺一種「生命意義」的出現。

12.9

服喪；
心不得安，一種完全不能討價還價的處境。

寂靜的星期日，在清晨，最黑暗的核心：

此刻我心中漸漸浮現一個嚴肅的（絕望的）問題：
從今爾後，我生命的意義何在？

郁爾

突然淚如雨下

（跟瑞秋和米歇兩人因為牛油和牛油罐的事爭吵）。

一）要跟另外一對「夫妻」住在一起是痛苦。

　　在郁爾的一切對我來說都是他的家庭、他的房子。

二）所有的拍檔（夫妻關係的）都形成堅實的一塊，

　　單身者被排於外。

1977.12.29

我的喪慟之所以無法描述，
是因為我沒有將它歇斯底里化：
它是一種持續的、非常奇特的不安狀態。

1978.1.1

郁爾。

強烈、持續的悲慟；永無休止的折磨。

喪慟愈來愈沉、愈來愈重。

奇怪的是，剛開始時，

我似乎還有某種興致去探究這種新情境（寂寞）。

所有人都對我「非常友善」──我卻覺得孤單。
(「被棄症候」)。

札記寫得不多——但：消沉
——始終不得安頓，時而頹喪。
（今天，頹喪。心不得安，無法描述）。

一切都是煎熬。
隨便什麼小事都能讓我心灰意冷。
受不了別人，別人的生存意志，別人的世界。
很想退隱遠離他人〔無法再忍受Y的世界。〕

我的世界：晦暗昏沉。

這裡任何東西都不起迴響——任何東西都不結成晶。

1978.1.17

今天夜裡，惡夢不斷：
媽媽被病痛折磨。

1978.1.18

不可逆轉，這一方面令我心碎，一方面也讓我克制
（這苦楚沒有任何歇斯底里的討價還價可以改變，
因為一切都已註定。

1978.1.22

我不想孤獨但需要孤獨。

缺少寬厚之心使我陷入惱人情緒（不快、灰心）。
我痛苦。

我不得不拿自己跟媽媽的形象做比較；
她是如此完美的寬厚
（而她常對我說：你很善良）。

我原以為，她不在了，
我會將傷痛昇華為一種完美的「善」，
從此不再計較，不再嫉妒，不再自戀。
可我現在卻變得愈來愈不「高貴」，不「寬厚」。

1978.2.12

雪，巴黎大雪紛飛，很異常。
想到她，一陣心酸：她再也看不到雪了。
如此雪景，更與何人說？

今早，又下雪。

電台播放著德國藝術歌曲。

好不淒涼！——想起以前那些臥病在床的早晨，

不必去上課，可以享受跟她在一起的幸福。

喪慟：我發現它不變動卻會不時發作：
它不會磨損，因為它不是持續的。

如果這種間歇，
或對其他事情突然而來的興致是來自社交活動，
來自一種外界的干擾，沮喪會更嚴重。
但如果這些「變化」（突然的發作）
是朝向寧靜、朝向內心，
喪慟的創傷就會過渡到更高的境界。
（慌恐的）瑣碎＝（孤獨的）高貴。

1978.2.18

我原以為，
媽媽的過世會使我變成一個「堅強」的人，
因為我對社交無所謂了。
結果卻完全相反。
我變得更脆弱
（很自然的：為一點小事，我就自暴自棄。）

1978.2.21

〔支氣管炎，媽媽過世後第一次生病。〕

今天早晨，不停的思念媽媽。
噁心欲吐，因為哀戚；
噁心欲吐，因為一切**無可挽回**。

1978.3.2

讓我能忍受媽媽去世的，
很像是一種來自自由的歡悅。

1978.3.6

我的大衣灰暗，圍巾非黑即灰。
媽媽一定不能忍受，我聽到她要我加點顏色。
所以今天我第一次用了一條有顏色的圍巾
（蘇格蘭花呢）。

1978.3.19

M和我的感覺與一般人相反
（因為一般來說，大家總是說：
工作、娛樂、找朋友可以忘卻痛苦）。
而我們卻在倉促、忙亂、事情雜，外務多時，痛苦最強烈。
走向內在、平靜、孤獨卻能使痛苦紓解。

1978.3.20

有人說（彭賽拉夫人[16]對我說的）：
時間可以使喪慟平復——不對，**時間**不能讓它消散，
只是讓喪慟的激動過去罷了。

16　可能是指名聲樂家查爾斯‧彭賽拉（Charles Panzera）的遺孀。
　　彭賽拉於1976年6月6日過世，享年八十。
　　羅蘭巴特和米歇德‧拉侉（Michel Delacroix）曾在四十年代初，跟他學聲樂。

1978.3.22

當悲慟、喪傷進入正常運轉狀態……

1978.3.22

情緒（激動）會過去，悲慟仍在。

1978.3.23

了解兩者（可怕）的不同：
喪慟的激動情緒（會平復）和
喪慟的悲慟（它一直都在那兒）。

1978.3.23

我急切（幾個星期以來也一再確定）想找回自由
（不再拖延）開始寫有關攝影的書，
也就是將我的痛苦融入寫作。

這像是一種信仰，也一再驗證，
寫作能讓我心中的「積鬱」轉化，將「危機」化解。

——摔角：已寫完，不用再看。
——日本：同上
——歐利維 Oliver 危機：《論拉辛》
——RH危機：《戀人絮語》
〔也許《中性》——將對衝突的恐懼轉化？〕[17]

---

17 幾個星期之後，羅蘭巴特為《中性》課程的論點作一總結：
　　「迴避或破解意義的聚合性或對立結構，以終止衝突性論述，
　　這類曲折變化都屬於中性的範疇。」在1978年5月6日的課程中，
　　他寫道：「迴避衝突，巧妙閃躲之道（這可說是此課程重點所在）」（頁167）
　　有關「摔角」，見《神話學》；有關「日本」，見《符號帝國》，
　　司齊拉出版社（Skira），1971；《論拉辛》，瑟伊出版社，1963；
　　台灣中譯版《戀人絮語》，1977，汪耀進、武佩榮譯，商周出版，2010。

1978.3.24

悲慟，像一塊石頭⋯
（壓在我頸項之上，
壓在我內心深處）

昨天，我跟戴密熙（Damish）說，激動會過去，悲慟仍在。
——他說，不對，激動還會回來的，你等著吧。

夜間做噩夢，媽媽走了。
激動不已，瀕臨崩潰。

1978.4.1

事實上，在我心深處，一直有這個聲音：
就好像我已死了一樣。

1978.4.2

現在我還有什麼可失去的？
既然已經失去了活下去的**理由**——為某個人擔心的**理由**。

1978.4.3

「媽媽的過世讓我悲痛。」
（慢慢將之化為文字的過程）

絕望：這個字太戲劇化，屬於語言的層次。

一塊石頭。

1978.4.10

看一部威廉・惠勒（William Wyler）的電影，
貝蒂・戴維絲（Bette Daves）主演的
《小狐狸》（*La Vipère / the little foxes*）。
──女主角講到「面粉」。
──突然我整個童年歲月都回來了。媽媽。
　　裝面粉的盒子。一切都在，當下。我在那裡。
──**我不會老去。**
（我跟**面粉盒**的年代一樣「鮮活」。）

大約 1978.4.12

為記憶而寫？
不是為了讓我記得，
而是為了對抗遺忘——因為它是絕對——的撕裂。
對抗——不久——「不留任何痕跡」，
在任何地方，任何人身上。

「紀念碑」之必要。
Memento illam vixisse.[18]

18 記得她曾活過。

1978.4.18
瑪拉卡西（Marrakech）

自從媽媽走後，我不再有那種以前旅行時的自由感
（那時我們只是小別數日）。

服喪 葛岱
《神祕主義》，24[19]

〔**擺盪，消退、死亡的羽翼掃過**〕

（印度）

　＝「絕決地徹底否認信仰，走向知性的空白」

喪慟的消退＝開悟（Satoris）（見43頁）

「沒有任何心理的波動」

（「破除所有主體／客體的殊異性」）

19 路易・葛岱（Louis Gardet, 1904—1986），
《神祕主義》（Mystique），法國大學出版社，1970。

1978.4.21
於卡沙布藍卡（Casablanca）[20]

服喪

想到媽媽的過世：
突然、稍縱即逝的擺盪，短暫的消退，
陣陣揪心的痛，卻又是一陣空虛。
它的本質就是：絕對的確定、不可逆轉。

---

20 住在卡沙布藍卡期間，4月15日，羅蘭巴特突然有一陣類似普魯斯特
　　《追憶逝水年華》敘述者在最後一冊《重現的時光》中的感悟。這種感悟
　　正是《新生》計畫（見第85頁註15），也是《小說的醞釀》課程的中心概念
　　（巴黎，瑟伊出版社／IMEC，2003，頁23）。

服喪 卡沙布藍卡
1978.4.27
回巴黎的早晨

——在這兒的十五天中，
我時時刻刻思念媽媽，哀傷她的離去。
——顯然，這是因為在巴黎的時候，還有家，
還有一套她在時我就建立的體系。
——而在這老遠的地方，所有這套體系崩解了。
結果矛盾的是，我在「外面」，離「她」很遠，
在享樂（？），在「消遣」時，反而更難受。
在所有人都對我說「這兒有所有能讓你遺忘的東西」，
我卻更不能忘懷。

服喪   卡沙布藍卡
                                        1978.4.27

——媽媽過世後，我以為：
這會將我釋放：一種向善良的釋放。
她留下的典範（**形象**）因而更強烈，
而我可以自恐懼（的奴役）中解放，
恐懼正是源於許多斤斤算計
（因為從今後，一切對我不都無所謂了？
〔對自己〕無所謂，不正是某種善良的條件？）

——可嘆，實情完全相反。
我不但沒有捨掉我的私念，小腸小肚的牽掛，
我仍然「比較在意我自己」，
更甚的是，我無法對任何人用情，
所有人對我來說都無所謂，甚至最親愛的人。
我覺得「心如槁木」——了無生趣，這才是最可怕的。

1978.5.1

想到、知道媽媽去世了，
永遠地、完完全全地去了
（「完全」的念頭必然是激烈的，無法長久忍受）
就是想到，一個字一個字地（字字真切地）
（字面的、同時的），我自己，我也會死去，
永遠地、完完全全地死去。
因此在喪慟中（像這一種，我這一種）
是對死亡絕對的、全新的馴服。
因為之前，這種知識只是借來的
（笨拙的，來自別人[21]，來自哲學，等等），
而現在，這個知識是我的。
但與我的喪慟相比，它很難讓我更痛。

21　此字的寫法不能確定，也可能是 arts「藝術」（來自藝術），而非 autres「別人」。

1978.5.6

今天──心情原來就不好──近黃昏時分，更是悲戚。
一首韓德爾美麗的男低音詠嘆調
（《賽彌麗》〔Semele〕第三幕）讓我落淚。
想到媽媽的呼喚（「我的兒，我的兒」）。

1978.5.8

（期待我終於可以寫作的日子）

終於！無數惱人的干擾、折騰使我與寫作有了扞格，
而寫作是我氣息之所繫，我要讓我的悲慟重新呼吸。
終於——
（因為別人、別人的「夸夸而談」使我與悲慟隔離）
我張開雙臂迎來的不是悲慟的意象，
而是對這個意象的夸夸而談。

1978.5.10

連續好幾個夜晚，眼前出現影像
——噩夢中見到重病、形容枯槁的媽媽。
令我驚恐莫名。

恐懼已經發生的事讓我痛苦不已。

見威尼考特[22]：恐懼已經發生的事[23]。

---

22 譯註：多納‧威尼考特（Donald Winnicott, 1896-1971），
   英國著名心理學家、社會學家。羅蘭巴特作品中經常引用他的作品。

23 參見威尼考特，《恐懼崩潰》（La crainte de l'effondement），
   刊於《法國心理分析新期刊》（Nouvelle revue française de psychanalyse），
   伽里瑪出版社，1975年春。

媽媽過世讓我徹底孤單。
即使在她原先不參與的領域，我也孤立無援了：
在工作的領域，我只要讀到這方面的攻擊（傷口），
就會覺得比以前更孤單、更無助：
今後我無所**依附**，雖然在有所依附的時候，
我也從不曾直接求助。

喪慟最全面的換喻(métonymie)²⁴，就是**被棄**。

---

24 譯註：修辭格，以部分代全體、以產地代產品等等。

1978.5.12
〔服喪〕

懵懵懂懂中，我在兩者間擺盪
——一方面我發現（問題就是：正確嗎？）
我只是偶而憂傷，是偶發的、突如其來的憂傷，
雖然這種陣痛經常發作。
——而另一方面，我深深相信，其實，在內心深處，
（自媽媽過世之後）我的憂傷無時或已，始終存在。

1978.5.17

昨晚看了一部愚蠢、俗爛的影片，
「普羅旺斯路 122 號」[25]。是史塔夫斯基鬧醜聞時[26]的故事。
我經歷過那個時期。一般情況，不會讓我想起什麼。
可是猛然間，一個佈景中的小細節讓我心緒翻騰。
一個簡單的摺扇式的檯燈，旁邊吊著開關繩。
以前媽媽做過——她也做臘染。
霎時間她整個人活躍在我眼前。

25 譯註：《One Two Two》：122, rue de Provence，
   法國導演吉翁（Christain Gion）作品，1978。
   「普羅旺斯路 122 號」是二十世紀三、四十年代巴黎最有名的高級妓院所在。
26 譯註：亞歷山大・史塔夫斯基（Alexandre Stavisky），法國上世紀三十年代
   經濟危機期間，擅於金錢遊戲的商業鉅子，於 1934 年神祕猝死。

1978.5.18

就像愛情，喪慟之來襲，
使這世界、使社交酬酢變得不切實際、煩擾不休。
我抗拒世界，它對我的要求、它的要求讓我痛苦不堪。
世界加劇我的憂傷、我的枯竭、我的惶惑、我的焦躁……
世界讓我沮喪。

1978.5.18

（昨天）
從花神咖啡館（Café Flore），
看到一位女子坐在「桅樓書店」（La Hune）的窗沿上，
手裡拿著一只酒杯，十分無聊的樣子；
很多男士背對著我，二樓擠滿了人。在辦酒會。

五月的酒會。
酬酢的、季節性的例行公事，無聊、煩人。
一陣揪心。
想道：媽媽不在了，而愚蠢的生活還在繼續。

1978.5.18

媽媽的亡故：
這可能是我一生中唯一沒有引發我神經質反應的事。
我的喪慟不曾歇斯底里，別人幾乎察覺不到
（也許因為我無法忍受使它「戲劇化」的想法）。
當然，如果呼天搶地，表現我的痛苦，
把所有人趕走，絕交息遊，我會好過一點。
現在我發現，這種不神經質的反應並不是件好事，
結果不好。

1978.5.25

媽媽在世時（也就是過去所有的日子）
我都處於神經緊張狀態，深怕失去她。
現在（這就是喪慟教給我的），
這個喪慟卻是我唯一不曾有神經質反應的事：
這像是媽媽給我的最後的禮物，
帶走我身上最壞的部分：神經質。

1978.5.28

喪傷凸顯的事實很簡單：
媽媽一走，我已緊貼著死亡（只待時辰到來）。

1978.5.31

為何在所有我寫的東西裡，都有媽媽：
因為處處都有至善的意念。

（見 JL 和 Eric M. 為《大英百科全書》所寫的
對我的介紹）[27]。

27 指 1978 年《大英百科全書》補錄中，「羅蘭巴特」條目。

我需要的不是孤寂,是不為人知(工作上的)。

我將分析性「工作」(喪慟、夢想)
轉化為實際的「工作」——寫作。

因為:
(有人說)能使人從大悲痛(愛情的、喪慟的)中
解脫的「工作」不應被快速地打發。
對我來說,只有以寫作、在寫作中,喪慟才得以完成。

1978.6.5

每一個個體（這是愈來愈清楚的事）
都努力不懈（孜孜矻矻），為了被「認可」。

對我來說，人生到了這個階段（媽媽已死）
我是被認可的（因為著作）。
可奇怪的是——也許是錯誤的？
——我有一種模糊的感覺，因為她不在了，
我必需重新再得到認可。
這不能是再寫一本書，隨便一本書：
想到再像以前那樣不停地一本一本寫，
一堂課一堂課地上，
我頓失生趣（如此這般，至死方休）。
（因此，我現在想辭職）。

在以智慧和嚴格紀律重拾作品之前（其實還未定），
我必需（我很清楚）要以媽媽為中心來寫這本書。
從某一方面來說，這也像是我需要讓媽媽得到認可。
這就是「紀念碑」的意義。然而：
對我來說，**紀念碑**也非長久、永恆之物。
（我最深切的信念是**一切都會過去**，連墳墓也會銷亡），
唯有一種行動、一種作為能得到認可。

媽媽：她就像塞尚的畫（晚年的透明水彩畫）。
塞尚的藍。

28 1978年4月20日至7月23日於巴黎大皇宮展出的《塞尚晚年》。

1978.6.9

為愛，FW憔悴、悲傷、消沉、委頓，無心於一切。
其實他並沒有失去任何人，他鍾愛的人活著。
而我，跟他比起來，
我倒看起來平靜、體貼、關心他人，
好像並沒有發生什麼比他的遭遇更嚴重無比的事。

1978.6.9

今早，走進聖需必斯（Saint-Sulpice）教堂。
它的建築有一種素樸的宏偉，讓我喜悅。
我進入建築之中，坐了一會兒，幾乎是本能地「祈禱」：
願我能把《媽媽——攝影》這部書寫得好。我隨即發現，
我總是在祈求，總是在討東西，總是被幼稚的欲望牽引。
有那麼一天，我坐在同一地方，闔上眼，什麼也不求……
尼采說：不要祈禱，只感恩。
母喪不就該把我引領到這樣的境界？

1978.6.9

（服喪）
斷斷續續，卻不動如山。

1978.6.9

必需（很想）在兩者間努力求取一種平衡：
所愛的人生前的作為與其死後種種：媽媽葬於郁爾，
她的墓地、她留在阿孚路（rue de l'Avre）的衣物 29。

29 巴黎十六區的一位新教牧師，是羅蘭巴特家族友人。
   巴特在母親過世後，將她的衣物捐給這個教會。

1978.6.11

下午跟米歇一起整理媽媽遺物。

今早開始看她的照片。

澈骨的悲慟又開始了（其實從未止歇）。

沒有歇息，不斷重新來過。一如希西弗（Sisyphe）[30]。

---

30 譯註：在希臘神話中，希西弗遭神譴，需將巨石推至山頂，但將至之際，
　　巨石墜落，又得重新開始，如此週而復始，永無盡日。
　　卡繆（Albert Camus）因而以他為荒謬英雄的代表。

在整個服喪、**傷慟**期間
（沉重得我無以承受、永不能超脫），
調情、愛情遊戲（像是被慣壞）的習慣，
絲毫不受影響的照常運作。
所有愛欲的詞藻，我愛你之類——快速了結——
又在另一個人身上重新開始。

1978.6.12

一陣悲慟。哭泣。

不是將喪慟（悲慟）消彌
（以為時間可以療傷的愚蠢想法），
而是改變它、轉化它，將它從一種靜止狀態
（困厄、悒鬱、不斷重複的相同情緒）
變成一種流動狀態。

1978.6.13

〔昨晚 M 大發脾氣。R 抱怨。〕

今早，十分艱難地，再拿起照片。
其中一張，媽媽還是個小女孩，乖巧、安靜地
跟在飛利浦·班傑[31]身旁。
（1898年攝於賢尼唯耶城〔Chennevières〕室內花園）[32]。
讓我激動不已。
我哭了。
甚至連自殺的欲望都沒有。

---

31 譯註：Philippe Binger，巴特的母親翁怡葉·班傑（Henriette Binger）的兄弟。

32 這張照片是《明室》第二部分的核心
  （《電影筆記》、伽里瑪、瑟伊出版社，1980）。

1978.6.13

有些人有種癖好（此處指的是好心的賽佛如〔Severo〕），
會很自然地用一些現象來定義服喪：
你對你的生活不滿意？——很滿意，我的「生活」很好。
我的生活中沒有什麼大不了的缺憾，
也沒有什麼外在的困擾、沒有什麼「突發情事」，
卻有一種絕對的缺憾：
那恰恰不是「服喪」，而是純粹的悲慟，
沒有替代品，沒有象徵性。

1978.6.14

（八個月後）：二度服喪。

（6.15）

一切很快又恢復了：
稿件、邀約雜遝紛至；這些人那些事，
而且每個人都肆無忌憚地把自己那些小鼻小眼的要求
（求眷顧的、求認可的）極力往前拱。
她這才一走，世界就在我耳邊嘶喊：一切照舊。

1978.6.15

奇怪：雖然悲痛不已，但經過照片這件事
——讓我體認到真正的服喪才要開始
（也是因為一些虛假工作的屏障移開了）。

1978.6.16

與 Cl.M. 談到我看母親照片時的傷痛，
還有我想以這些照片為題材寫一本書的想法。
她說：恐怕時候未到。

怎麼，又是這老調（doxa）（用意絕對良善）：
喪慟會成熟
（也就是說，時間會讓它像果子一樣瓜熟落蒂，
或像癤子熟了就會破裂？）

但對我來說，喪慟是不變的，不會在過程中變化，
沒有什麼時候未到的問題
（所以一從郁爾回來，我就調整了屋裡的布置，
人家也可以說：時候未到）。

1978.6.17

第一階段的喪慯
假自由

第二階段的喪慯
絕望的自由，沒有任何
值得做的事

1978.6.20

我的心在生與死中掙扎
（斷斷續續，像是喪惕的模糊感覺）
（哪一個會佔上風？）
——然而眼前我過的是一種愚蠢生活
（瑣碎小事、錙銖計較、無關緊要的約會）。

問題在於，
這種掙扎的結果是否會導向一種聰明的生活，
而不是一種加了屏障的生活。

1978.6.21

今天，首次重讀這本日記。
每次看到跟她──跟她這個人──有關的，
而不是跟我有關的，都讓我落淚。

激動的情緒又回來了。
鮮活有如服喪的第一天。

哀悼

日記（續）

1978.6.24—1978.10.25

1978.6.24

內化的喪慟，幾乎看不到任何癥兆。

這是絕對內化的完成。所有文明的社會都將喪慟的外在形式加以規範、體制化。而我們的社會否定喪慟，所以顯得尷尬。

（1978.7.5）

（潘特 *Painter* II, 頁68[33]）

服喪／悲慟

（母親之死）

普魯斯特談悲慟，不談服喪

（這是新字，是心理分析性的，會扭曲其意義）。

33 喬治・鄧肯・潘特（Georges Duncan Painter）著，《普魯斯特》，
《第二冊：成熟年代》（1904–1922），由蓋投伊（G.Cattaui）和維亞（R.-P. Vial）
譯自英文。法國水星出版社（Mercure de France），1966。

（1978.7.6）

潘特 II, 頁 405

1921 年秋

普魯斯特險些喪命（服了過量的福羅那[34]）。

——賽萊絲特[35]說：

「我們都會在喬沙法山谷[36]重逢。

——啊！你真的相信我們會重逢？

如果我能確定與媽媽重逢，我可以立刻就死。」

34 譯註：véronal，普魯斯特習慣服食助眠的鎮靜劑。

35 譯註：Célestre Albaret 是普魯斯特晚年閉關寫作時期的管家，
曾口述《普魯斯特先生》（Monsieur Proust）一書，
敘述這段期間普氏的日常生活、寫作習慣。

36 譯註：La Vallée de Josaphat，位於耶路撒冷附近，
根據《舊約聖經》，這是上帝進行最後審判之處。

離家去摩洛哥，我把放在媽媽以前臥病處的花朵拿開
———陣（對媽媽過世的）恐懼乍然襲來：
威尼考特說的，對已經發生過的事的恐懼，多麼正確。
而更怪的是：不可能再發生。
這正是「確定」（définitif）的定義。

1978.7.13

服喪

穆雷布賽汗 [37]

我看見燕子在夜晚的天空飛翔。
想到媽媽，心為之碎——我想：
不相信靈魂是多麼驕狂的事——不相信靈魂不死！
唯物主義的真理是多麼愚蠢！

---

37 譯註：Moulay Bou Selham，摩洛哥卡沙布藍卡的一個區。

服喪

《追憶似水年華》，第二冊，頁769[38]

〔母親在祖母過世後〕

……「記憶與虛無，這不可理解的矛盾。」

38 普魯斯特，《追憶似水年華》。

第二冊，由克拉拉（Pierre Clarac）和費銳（André Ferré）編，

伽里瑪出版社，七星叢書，1956。

服喪   1978.7.18

（卡沙布藍卡）

又夢見媽媽。
她對我說——好殘酷啊——我不喜歡她。
但我的反應平靜，因為我知道這不是實情。
想到或許死亡只是睡去，但如果要永遠做夢，未免可怕。

（今天，是她的生日。
每年她生日，我總是送她一支玫瑰。
今早我在梅蘇旦〔Mers Sultan〕小市場買了兩朵，
放在我的餐桌上。）

1978.7.18

每個人的悲慟都有他自己的節奏。

服喪   1978.7.20

我不可能——這很可恥——以憂鬱為藉口，
把悲慟交給藥物，好像它「是一種病」，
是「有魔附身」——是一種異化
（一種讓你變成陌生的東西）
——它其實是一種根本的、私密的，有益之事⋯⋯

服喪   1978.7.21

梅烏拉（Mehioula）——全身到處都痛（不得不提早回來），
我在 M 城，找到些許寧靜，甚至幸福感，抑鬱漸消。
我因而弄懂了，我不能忍受的是：
社交周旋、外在世界，即使是在異國，
（如卡沙布藍卡的穆雷布賽汗〔Moulay Bou Selham〕），
而我需要的是：溫和的改變環境：
暫離世界（我的世界）卻並不孤單
（即使在賈笛達〔El Jadida〕，
我有朋友，感覺也不如在這裡）；
在這裡，我只有摩卡（Moka），聽他的話很吃力
（雖然他經常跟我講話）；他的太太美麗、沉靜；
他的孩子，粗野；烏矮（Oued）的男孩們，很迷人。
安琪（Angel）給我送來好大一把百合，還有黃色的菖蒲。
還有狗（夜晚還會叫），等等、等等。

服喪   1978.7.24

梅烏拉

每一次旅行，總會出現這個呼聲：
每次想到她，就會聽見：我要回去！（我要回家！）
——雖然我知道她不在家裡等我了。

（回到她不在的地方？——那裡沒有任何陌生的、
無所謂的東西會讓我想到她不在了）

〔在梅烏拉，我總能找到一種勉強可以忍受的孤獨。
這是我所有旅行中感覺最好的。
但是即使在這裡，只要「那些人」（卡沙布藍卡的朋友，
小收音機，賣笛達的朋友等等）一露臉，
我就不那麼自在了。

服喪　　　　　　　　　　　　　　　　　梅烏拉
　　　　　　　　　　　　　　　　　　1978.7.24

在 M 的最後一天。
清晨。陽光。一隻鳥，歌聲特別、富文學性，
鄉下的聲音（一種馬達聲），寂靜、安詳、沒有任何侵擾。

然而，就在這純淨的空氣中，
想到媽媽的聲音：「我的兒！我的兒！」，
讓我泣不成聲，心如刀割（我還沒能跟任何人說過）。

服喪 1978.7.24

媽媽給我的：身體的調適：
不在**法則**，而在**規律**（**高效率**但自由度甚低）。

1978.7.24

服喪
或 Φ[39]

室內花園的照片：我狂熱地追求它明確的意義。

（照片：無力說出很明顯的東西。這正是*文學之所出*。）

「純真」：永遠不傷害他人。

---

39 巴特在為《明室》做的札記中大量使用這個符號替代「攝影」。
　　參見樂拔孚（Jean-Louis Lebrave）《明室的源起》
　　（Point sur la genèse de La Chambre Claire），
　　〈Genesis〉, No.19, Jean-Michel Place 出版社，2002，巴黎。

〔昨晚，1978.7.26，從卡沙布藍卡回來。
與朋友共進晚餐。在餐廳裡（湖濱樓），保羅失蹤了；
JL 認為是因為他們之間的口角。
他坐立難安，出去找他，回來一身大汗，
又是心焦，又是自責——想到保羅曾有自殺衝動
——又衝出去，到公園裡去找。〕

大家於是討論：如何才能知道，保羅是瘋了（偶發事件）
還是殘忍（我說——我的意思是：不禮貌 ）
（永遠討論不完的發瘋問題）。

我想道：媽媽曾教我不要讓心愛的人受折磨。
她從不曾折磨她愛的人。
這就是她的定義，她的「純真」。

——普魯斯特在1906年他母親過世後
寫給玻尼頁[41]的信。
他在信中說明他只能在悲慟中得到快慰……
（但他自責，因為他的健康狀況一直讓母親憂心）。
「雖然對母親的思念令我心碎，但母親的回憶、
對她的思念以及我們之間心靈的完美契合，
讓我得到一種前所未有的安慰。」

40　亨利・波內（Henri Bonnet），《普魯斯特一九〇七至一九一四》，
　　尼載出版社（Nizet），1971。
41　譯註：André Beaunier（1869–1925），法國小說家、文評家。

——普魯斯特在 1907 年寫給
母親剛過逝的德勞里思[42]。頁 31。
「現在，我可以告訴你一件事：
你會得到一種安慰，是你現在不能想像的。
當母親健在時，你常想到現在你失去她的日子；
現在，你又有常想著以前你擁有她的日子。
等你習慣了這件殘忍的事（就是那些日子永不復返了），
那時你會慢慢感覺她重新活過來，
回到她原來的位子，她在你身邊所佔有的位子。
只是目前，還不可能。不要躁動。等待。
這個打擊你的不可知的力量（……）
會重新使你振作一些。
我說「一些」，因為這種傷慟永遠不會完全痊癒。
但如果你能這樣想，就會得到些許安慰：
我們的愛永不衰滅，我們永遠不會自傷痛中走出，
我們的記憶日久常新。

42 譯註：Georges de Lauris，1923 年生，法國詩人。

1978.7.29

（看了希區考克的一部電影，《在魔羯座下》[43]）

英格麗褒曼（約當 1946 年）：
不知為什麼，我不知怎麼說，這位演員，
這個女演員的身體讓我感動，觸動我心中某處，
讓我想起媽媽：她的膚色，她美麗的、如此純樸的手，
一種清新氣息，一種不自戀的女性特質……

43 譯註：Les amants du Capricorne，原名《Under Capricorn》，
中文又譯為《歷劫佳人》，1949 年出品。

1978.7.31
巴黎

沉浸於悲慟之中，卻讓我覺得幸福。

所有阻礙我沉浸於悲慟中的，我都不能忍受。

1978.7.31

除了沉浸於悲慟之中，
我別無所求。

1978.8.1

〔也許已經寫過〕
我一直（痛苦的）對我與悲慟共處的能力感到驚異，
這也就表示，悲慟是可以忍受的。
但——無疑——是因為我多多少少
（也就是實際上做不到）可以說出來，可以行諸於文。
我的教養、我對寫作的興趣給我轉移的能力，
或說融入的能力，我融入（j'intégre）*，藉由語言融入。

我的悲慟無法表達，但還是可以描述。
語言提供我「不能忍受」這個字，
就已經立即讓我稍許可以忍受。

*融入一個整體——聯結——社會化、傳達、群體化。

1978.8.1

對很多地方和旅行失望。在哪裡都不是。
很快，心裡就會發出這樣的呼喊：我要回家！
（可回到哪裡？既然她哪裡也不在了，
哪裡是她曾經在的，我可以回去的地方？）。
我尋覓屬於我的地方。Sitio[44]。

---

44 譯註：拉丁文，「我飢渴」；也許是西班牙文，「地方」、「位置」。

1978.8.1

文學，這就是了：
每次讀普魯斯特在信中描寫他的病痛、他的勇氣、
他母親的亡故、他的傷慟等等，我都有一種痛楚，
不能不為它的真實激動不已。

喪慟可怕的形象：
了無生趣：焦躁、失去愛的能力。
我焦慮，因為我不知如何能在生活中重新找回寬厚
——或愛。如何愛？

——比較接近貝拿諾思的（神父的）母親[45]，
而不是佛洛依德的模式。

——我是如何愛著媽媽？
去看她總是很開心，總是巴望著跟她在一起（假期），
把她跟我的「自由」連在一起；
總之，我深切地、小心翼翼地與她結為一體。
現在之所以生趣全無是因為絕望：
在我身邊，竟沒有一個人，
能讓我有勇氣為他做同樣的事。絕望的自私。

45 譯註：貝拿諾思（Georges Bernanos, 1888-1948），法國作家。
   他在濃厚的宗教氣氛中成長，母親是一位律己甚嚴的虔誠基督徒。
   他的重要小說都以一位神父為中心人物。

1978.8.1

服喪。在心愛的人過世後，
會進入極度自我中心的階段：
從病痛、從奴役中走出。
隨後，漸漸地，自由失色、絕望滋生，
自我欣賞變成一種可悲的自我中心，
完全失去寬厚之心。

1978.8.3

有時候（像昨天，在國家圖書館的中庭之中），
如何形容這種突如其來，如閃電般，突襲而至的念頭：
媽媽不在了，永遠不在了；
一片黑色的羽翼（確定不變的）忽焉蓋頂，
壓得我喘不過氣來；
那種悲戚如此強烈，為了活下去，
我必需立刻轉向其他東西。

1978.8.3

探究我對孤獨的需求（似乎攸關生死）：
而同時我也需要（也同樣攸關生死）我的朋友。
於是我必得：
一、告訴我自己，我必需不時「打電話」給他們，
以找到活力，對抗我的冷漠，特別是對打電話這件事；
二、讓他們諒解，要讓我先打給他們。
如果他們不常出現或不按時出現，對我來說，
就表示我得去找他們。

服喪　　　　　　　　　　　　　　1978.8.3

我想去旅遊的地方是我沒有時間說「我要回家！」的地方。

（1978.8.10）

普魯斯特《駁聖伯夫》，頁87[46]

「美並不是我們想像的一種極致，
不是一種抽象的形態，
而是現實呈現在我們眼前，
一種新的、無法想像的型態。」

〔同樣的：我的悲慟也不是苦痛、遺棄等的極致、
一種抽象的形態（可藉由後設語言通達的）；
而是一種新的型態。〕

46 普魯斯特《駁聖伯夫》（Contre Sainte-Beuve），
　　德法羅（Bernard de Falloir）編輯，巴黎伽里瑪出版社，1954。
　　（巴特所引頁數是指伽里瑪出版社於1965年出的袖珍本。
　　1954年版，應為80頁。）

1978.8.10

普魯斯特《駁聖伯夫》，頁146
寫到他的母親：
……「她臉上美麗的線條……，一切都顯出
基督教的仁慈和冉森教派（新教）的勇氣……」[47]

---

47 所引普魯斯特原文（1954年版128頁）：「她臉上美麗的猶太線條，
　一切都顯出基督教的仁慈和冉森教派的勇氣，在這張小小的家庭照中，
　幾乎像是在修道院，她將自己扮成以斯帖（Esther），是她想出的主意，
　為了娛樂躺在她床上的霸道的病人。」
　巴特以括號加了「新教」，是她母親的宗教信仰。

（1978.8.10）
普魯斯特《駁聖伯夫》，頁356

「我們倆都不說話。」

讀之令人鼻酸的段落，寫到普魯斯特與母親道別：
「要是我一去就是好幾個月、好幾年，甚至⋯⋯」
「我們倆都不說話⋯⋯」
接著：「我說：永遠。但當晚（⋯⋯）
我們的靈魂是永恆不死的，終有一天會團聚⋯⋯」

這一段讓我思潮起伏：

耶穌愛拉撒路，在讓拉撒路重生之前，他哭了

（約翰福音，第十一章）。

「主啊，你愛的人病了。」

「耶穌聽見拉撒路病了，就在所居之地，仍住了兩天。」

「我們的朋友拉撒路睡了；我去叫醒他。」〔使他重生〕

……「耶穌心裡悲歎，又甚憂愁，等等。」

第十一章三十五節：「請主來看。」耶穌哭了。

猶太人就說：「你看祂愛這人是何等懇切！」

耶穌又心裡悲歎……

〔普魯斯特這樣描述剛過世的德服來爾[48]的母親
（《年鑑》，頁72[49]）：
「我曾見過她作為祖母的眼淚
　——她作為孫女的眼淚——……」

48　譯註：德服來爾（Robert de Flers, 1872-1927），法國作家，
　　普魯斯特高中同學、終生好友。
49　普魯斯特，《年鑑》（Chroniques），羅勃·普魯斯特編，伽里瑪出版社，1927。
　　此處所引原文名：「一位祖母」，曾載於1907年7月23日《費加洛報》。
　　普魯斯特加了畫線。頁碼有誤，應為67–68頁。

翻閱一本舒曼的唱片集,
立刻想到媽媽很喜歡一首他的間奏曲
(有一次我曾在廣播節目中安排播放)。

媽媽:我們之間的話不多,我安靜不語
(普魯斯特引述拉布耶爾[50]的話),
但我記得她最細小的喜好和她的品評。

---

50 譯註:拉布耶爾(Jean de la Bruyère, 1645–1696),法國古典時期重要作家。

1978.8.12

（俳句。牧尼葉[51]，頁XXII）

八月十五週末特有的安靜：
一邊聽電台播放的巴爾托克的《森林王子》，
一邊讀（詩人芭蕉[52]遊記中造訪Kashino寺[53]的一段）：
「閑靜無聲，在空寂中長坐。」
當下我頓有所悟，安詳、欣喜，
彷彿我的喪慟被撫平，昇華，和解，深化卻未消失
──我像是「重新找回了自己」。

---

51 牧尼葉（Roger Munier）著《俳句》（Haiku），Yves Bonnefoy 做序，
　 法雅出版社（Fayard），《靈修文獻》（Documents spirituels），1978。
52 譯註：1644–1694，日本江戶時代最著名的詩人，公認的俳句大師。
53 譯註：日本無此地名亦無此寺，疑為Yoshino（吉野）之誤。
　 芭蕉曾到過吉野山修行。

為什麼我不能再忍受旅行？
為什麼我老是像個迷途的孩子，吵著要「回家」
──既然我知道媽媽不在家裡等我了。

我繼續跟媽媽「說話」（交換言語就表示她在場）。
這不是在心裡自言自語（我從來沒有跟她「說話」），
這種交談是在生活方式上的：
我繼續在日常生活中遵循她的價值，
做她以前做給我吃的食物，維持她在家裡的秩序，
她那種獨特的結合道德與美感的生活方式，
過家常日子的方式。而這種實踐式的持家「性格」，
在行旅中是不可能的，只有在家裡才行。
旅行，就是跟她分開──她不在之後，更是如此
──因為她只存在於最私密的日常生活之中。

1978.8.18

家中她臥病、她過世的地方，也是我現在住的地方，
我在她床頭的牆壁上，放了一張聖像
——不是出於信仰，同時也永遠在餐桌上放一朵花。
現在我不願旅行，為的是要待在家裡，
讓桌上的花朵永不凋謝。

分享她日常安靜持家的價值
（照料廚房、清潔、衣物，美感，東西的歷史），
這是我（安靜地）與她對談的方式。
——就是這樣，雖然她不在了，我仍能繼續。

1978.8.21

其實，那些情緒低落、什麼都不對勁的時刻
（旅行、社交場合、郁爾的某些方面，
還有些隱密的情愛的召喚）都有一共同之處，
就是：我不能忍受——即使只是短暫換環境
——它們可以取代媽媽。
而我覺得比較自在的時候，
是當我是活在延續我們一起生活時的狀態
（我們的公寓）。

1978.8.21

當我過去、現在最心愛的人沒有留下任何痕跡，
我有何理由要留下痕跡，留名後世？
在冰冷、充滿謊言，不為人知的**歷史**中，
媽媽的記憶將隨我而去，而認識她的人也終將離去，
死後之名對我有何意義？
我不要一個純為我個人的「紀念碑」。

1978.8.21

悲慟是自私的。

我只談我自己。

我沒辦法談她，談她是什麼樣的人，

為她呈現一個令人心動的繪像

（就像紀德為瑪德蘭[54]所做的繪像）。

（然而：她的一切都如此之真：溫柔、活力、高貴、善良。）

54　譯註：紀德在瑪德蘭（Madelaine Rondeaux）過世（1938）數月之後撰寫
　　《Et Nunc Manet In Te》（拉丁文：她仍活在你身上）。
　　記載他們有名無實的婚姻生活；向這位被他冷落一生的妻子致敬。
　　紀德描繪的瑪德蘭是美德的化身：虔誠、溫柔、退讓、自我犧牲。

距離我的痛苦最遠、最引起我反感的
就是讀《世界報》[55]和他們那種尖酸、權威的調調。

---

55 譯註:Le Monde,法國在知識分子圈最有影響力的日報,
  創立於1948年,中間偏左。其編輯宗旨不在「報導所有新聞」,
  而在提供分析、評論及深入解讀。

1978.8.21

努力向JL解釋（其實只需要一個句子）：
我這一生，從孩提時代開始，
跟媽媽在一起就是歡愉。這不是出於習慣。
到郁爾度假總讓我開心（雖然我並不喜歡鄉下），
因為我知道我所有時間都可以跟她在一起。

1978.9.13

喪慟
和悲慟
可怕的
自私（自我中心）

我的道德觀 [56]

——沉默的勇氣

——不表現勇氣的勇氣。

56 這張卡片沒有日期，以斜線劃去。

1978.9.17

自從媽媽去世之後，
雖然我急切地展開一個龐大的寫作計畫，
但我漸漸失去對自己的信心——對我寫的東西。

（1978.10.3）

她根深蒂固的簡樸，使她不是不擁有東西，
而是擁有的東西極少（完全沒有刻意苦修的成分）
——好像她希望在身後，
不需要別人幫她「清理」東西。

（1978.10.3）

沒有她的日子，（多麼）漫長。

1978.10.6

〔今天下午，許多延宕的工作擠在一起，讓人疲倦。
在法蘭西學院的演講——想到人可能很多
——激動——**恐懼**——我有以下這些發現（？）：〕

恐懼：在我身上一直是焦點，這是很肯定
——而且寫得明白的。
在媽媽去世之前就有**恐懼**：怕失去她。
現在我已經失去她了，又如何？
我還是**恐懼**，也許比以前更甚，
因為，矛盾的是，我比以前更脆弱
（所以退隱的念頭縈繞不去，
也就是尋覓一個沒有**恐懼**的所在）。

——那麼，現在恐懼什麼呢？——我自己的死亡嗎？
不錯，一定是如此——可是，好像我比較不怕
——因為，死亡，這正是媽媽做的。
（一個有益的幻想：與她重聚）。

——其實：就像威尼斯考特說的精神病症，
我恐懼一個已經發生的災難。
這種恐懼不斷在我身上以各種不同方式重現。

——因而有了眼下這些想法、這些決定。

——為了袪除這種**恐懼**，就刻意去我恐懼的地方
（很容易找到的地方，只要聽從情感的指引。）

——徹底清理掉阻礙我為媽媽寫作品的東西：
以具體作為來遠離**悲慟**：從**悲慟**昇華到**行動**。

〔這篇文字就該結束於這張卡片，
結束於這個**恐懼**的出口（誕生、逃離）。〕

(1978.10.7)

我常重複──我發現我常在我身上
重現一些媽媽的小習慣：
會忘記鑰匙，忘了在菜場買的水果。
原以為記憶的衰退是她特有的毛病
（我聽到她小小的抱怨），這些毛病也成了我的。

1978.10.8

說到死亡，媽媽的死亡讓我確信
（之前一直是抽象的），
所有人都會死——沒有一個人例外——照這個邏輯，
我確定必然會死，這讓我安心。

1978.10.20

媽媽過世一年的祭辰就快到了。
我愈來愈害怕，好像怕這一天（10月25日）
她會再死一次。

1978.10.25

媽媽的祭辰。
一整天都在郁爾。

郁爾，空蕩蕩的屋子，公墓、新豎立的墓碑
（對她來說太高、太沉重，她的個子那麼嬌小）；
我的心無法敞開；整個人像枯竭了，
沒有辦法向內找到安寧）。
週年祭辰的象徵無法帶給我任何安慰。

想到托爾斯泰的短篇小說：《賽基神父》[57]
（最近才看了這部電影，很差）。
最後一段：他找到已經變成了祖母的
小女孩馬福爾（Mavra），就像回到童年時代，
他找到了安寧（**意義**，或**無需意義**）。
馬福爾單純地以愛心照顧家人，
並不在意表象、聖潔、教會之類問題。
我心想：這就是媽媽。對她來說，從沒有後設語言，
不會故做姿態或表現某種形象。而這正是，「**聖潔**」。

〔啊，多麼矛盾；我，一個知識分子，至少被認為如此，
如此糾結於後設語言（是我捍衛的），
而她如此完美的向我訴說，非語言（non-language）。〕

57 譯註：Le Père Serge，巴特提到的小女孩馬幅爾應是書中的帕青卡（Pachéngka）。
　　她終身未婚，勤勉、無私地照顧家人。
　　賽基神父在經歷了名利追求、色慾誘惑之後，忽得一夢：
　　天使要他去找帕青卡「讓她告訴你，你該怎麼做……如何找到救贖……」
　　賽基神父終於抖落一切，回到孩提的純真，也找到真正的信仰。
　　這篇小說反映托爾斯泰本人對生命意義的追求。

哀悼

日記

（再續）

1978.10.25—1979.9.15

這喪慟日誌寫得愈來愈少了。
擱淺了。怎麼,無可避免的,遺忘?
(一個會過去的「疾病」?),然而……

一片苦海——離了堤岸,什麼都看不到。
寫作變得不可能。

1978.11.22

昨晚，瑟伊（Seuil）出版社為我慶祝加入二十五週年。
很多朋友問——你開心嗎？——當然，很開心
（但是，我想念媽媽）。

沒有了她，俗世的一切不過是虛空一場。
所有社交活動讓我的這種感覺更強。

仍然是「心頭沉重」。

這種心痛，在今天這灰暗的早晨，特別強烈。
我仔細一想，這是因為到我想到瑞秋的樣子，
昨晚她遠遠坐在一邊，她高興有這個酒會，
不時跟人聊天，不卑不亢，很「守份」，
現在的女人已經很少這樣了，這也因為，
她們不再管什麼「份」——一種少見的、
已經失傳的尊嚴——這是媽媽也有的。
（她在那兒，一種絕對的善良，
是對所有人的，而又是「守份」的。）

（1978.12.4）

我愈來愈少寫我的悲慟，
但在某種意義上，它更強烈。
自從我不再寫，它已晉入永恆。

1978.12.15

在憂鬱、焦慮（文學圈的糾纏、瑣事、惡意）
的背景中，悲慟愈滾愈大：
一）、我身邊很多人愛我、呵護我，但沒有人堅強；
所有人（我們所有人）都瘋狂、神經質
——更別說 RH 那種類型了。
只有媽媽是堅強的，因為神經質，瘋狂與她完全絕緣。
二）、我在準備我的課，也開始寫**我的小說**。
卻不由得想到媽媽最後的呼喚：
我的兒！我的兒！只想哭。

〔只要我沒有以她為發想（**照片**，或別的什麼），
寫出點什麼，我就不能安心。〕

1978.12.22

啊，一種深切的渴望，想退隱、靜思；
渴望「你們別管我」，
這種渴望從悲慟直逼而來、不能躲閃；
這種渴望如此真切，相較之下，
所有那些難以避免的、小心眼的爭鬥，形象的遊戲，
創傷；所有還活著的人註定要面對的種種，
只不過是深海上一層昏濁、苦澀的泡沫……

挫折、攻擊、威脅、糾纏、失敗、
黑暗、重擔、「勞役」等等。
我無法不把這些跟媽媽的過世連在一起。
不是因為她不能在這兒保護我了（像魔棒一揮），
我的工作一直都是獨立於她之外的──而是──
但這也許是一回事？
我現在已被逼到牆角，必得重新學習面對世界
──艱難的開始。重生的磨難。

一切繼續，缺乏生趣、苦澀、好妒，等等都未改變：
心中所有這些情緒讓我不喜歡我自己。

自我貶抑時期（服喪期慣見的反應）。

如何重新學會泰然自處？

1978.12.29

拿到昨天我送去沖洗的媽媽的照片，
一個在賢尼唯耶城室內花園中的小女孩。
我想把她放在我面前，我的工作桌上。
但刺激太大，我受不了，太感傷。
這張影像跟我生活中那些無謂的、卑劣的鬥爭
形成強烈衝突。
影像確實是一種量度、一種評判標準
（我現在才了解，一張照片可以被神聖化，
可以導引——它提醒的不是一種身分，
而是這種身分中，一種難能的表情，一種「美德」）。

1978.12.31

悲慟巨大，它對我的影響
（不是悲慟本身，而是一連串間接的效應）
是在我心頭形成一種積澱、鐵鏽、污泥：
一種心靈的苦澀（易怒、煩躁、嫉妒、冷漠）。

——多麼矛盾啊：失去了媽媽，我變得與她完全不同了。
我想遵循她的價值生活，卻變得完全相反。

……我難過的是不能再將我的唇
放在她滿是皺紋卻煥發的面頰上……

〔很平常
　──**死亡，悲慟**只不過是：尋常事〕

1979.1.11

心情仍舊抑鬱，
因為各種差事、各方人等、種種要求
讓我跟媽媽不得親近——我巴望「三月十日」的到來，
不是為了開始度假，
而是為了能自在無礙地與她親近。

1979.1.17

思念的效應漸漸出現：
我完全沒有建造任何新東西的意願
（除了在書寫之中）：
沒有新友誼、新愛戀。

1979.1.18

從媽媽過世後，沒有「建造」任何新東西的意願
——除了寫作。這是為什麼？
文學＝唯一**高貴**的國度（就像媽媽一樣）。

媽媽的照片,在遠處的小女孩
——就在我面前,在我的桌子上。
我只要看她一眼,只要掌握住她的生命狀態
(這是我要努力描述的),
就會被她的善良所滿溢、包圍、縈繞、浸透。

1979.1.30

人不會遺忘。
但一種遲鈍無感漸漸襲入。

1979.2.22

把我跟媽媽分開的（服喪使我與她融而為一），
是時間的厚度（愈來愈大，逐漸累積）。
從她過世之後，沒有她，我照樣生活，
住在公寓中，工作，出門，等等。

1979.3.7

為什麼某些作品、某些人（比如，JMV）
與我格格不入。
因為我天生的價值（倫理的與美學的）是來自媽媽。
她喜歡的（或她不喜歡的）也塑造了我的價值。

．

1979.3.9

媽媽與貧困；她的奮鬥、她的挫折、她的勇氣。
一種不作英雄姿態的史詩。

1979.3.15

只有我自己知道這一年半以來，我的歷程：
不作為、不張揚的服喪；
種種雜務一直使我與母親隔離；
我心中一直計畫以一本書來終結這種隔離
——頑強、祕密的心願。

1979.3.18

昨夜，惡夢。跟媽媽吵架。

爭執、傷心、哭泣：我跟她的分歧在某種信仰的東西。

（是她的決定？）她的決定也關係到米歇。

在夢中她遙不可及。

1979.3.18

每一次我夢見她（我只夢到她），
我看到她、看到她活生生的，
但是卻不一樣，與她平常的模樣不同。

我毫不在意死後的名聲，並不期望
死後別人還讀我的書（除非顧慮M.的財務狀況）。
我完全可以接受徹底從世界消失，
不想有「紀念碑」——但我不能忍受媽媽遭此待遇。
（也許因為她沒有寫作品，
對她的記憶完全要靠我了。）

[58]《明室》的撰寫從此開始：在這部著作的結尾處，
註明「1979年4月15日－6月3日」。

1979.5.1

我沒有像她那樣，因為我沒有跟她一起（同時）死去。

媽媽過世之後，我的生命中無法再有回憶。
昏濁無光，沒有「我記得⋯⋯」那種令人心顫的光暈。

1979.7.22

所有「拯救」寫作計畫[59]的努力都失敗了。
我眼下沒事可做，沒有要寫的作品
——除了一些重複的例行公事。
所有形式的計畫——有氣無力、不實在，
精力指數甚低。總是想：「所為何來？」

——喪慟的沉重打擊是否能使我寫出一部作品
（因為各種各樣的引誘而延宕至今），
現在有了很清楚的答案。
重大的考驗，
成人的、關鍵性的、具決定性力量的考驗。

59 應當是指《新生》計畫。參見第85頁註15。

1979.8.13

住在郁爾這段日子很難受。
今天坐火車離開，到了達克斯（Dax）
（這西南部的光線[60]伴隨了我一輩子），
想到媽媽往生了，絕望、淚水盈眶。

---

60 有關這個主題，參見《西南的陽光》（La Lumière du Sud-Ouest），
　　刊於 1927 年 9 月 10 日《人道報》（L'Humanité），
　　收入《作品全集》，第四冊，頁 330–334。

媽媽一方面給我們一種內化的法則（高貴的形象），
卻同時也讓我們（M和我）易受到欲望的誘惑，
對物的高度興趣：不同於福樓拜那種
「絕對的、私密的、苦澀，且持續不斷的厭煩」，
讓他無法欣賞任何東西，以致徹底心灰意冷。

1979.9.1

搭飛機從郁爾回來。
我的哀傷、悲慟雖然仍尖銳，卻已無聲……
（「我的兒，我的兒」）

——我在郁爾不快樂、鬱悶。
——那麼，我在巴黎快樂嗎？也不。這就是弔詭之處。
一件事的反面不見得就是它的正面。
我離開一個我不快樂的地方，
但離開它也沒有讓我快樂。

1979.9.1

每一次去郁爾，總不能不象徵性的，
在抵達或離開時，去上媽媽的墳。
可是到了墳前，卻不知道做什麼才好。
祈禱？這又代表什麼？祈求內容為何？
只不過是瞬間擺出一種潛心的姿態。
所以我總是速速離開。
（何況這些公墓，雖在鄉間，卻如此醜陋……）

1979.9.1

悲慟、一顆心無處安頓，
抑鬱、焦躁、悔恨接踵而來，
所有這些都屬於巴斯卡 [61] 說的，
「人的苦難」。

61 譯註：巴斯卡（Blaise Pascal, 1623-1662），法國重要思想家。

1979.9.2

午睡。夢境：完全是她的笑容。
夢境：完整的、美好的記憶。

1979.9.15

有些清晨如此陰鬱……

未註日期的札記

〔媽媽過世後〕
沉痛，今後無法再激動……

*

自殺
如果我死了，我怎知道我不會再痛苦？

*

在我對自己的死亡想像中（每個人都有這種想像），
除了對早逝的恐懼，
還要加上怕對她造成的不可承受之痛。

*

我們的對話，我們之間形諸於語言的極少，
且不及微言大義：
的確如此，但絕對不乏味、不愚蠢——不說錯話……

*

「自然」
不是鄉下出身，但她喜歡「自然」，
就是**自然的東西**——卻不擺出**反污染**之類的姿態，
這不屬於他們那個世代。
她在雜草叢生的花園裡，最覺自在。

有關母親的札記

1979.3.11

FMB千方百計要把海倫‧德溫戴爾
（Hélène de Wendel）介紹給我，
說她是一位極其細緻、見過世面的女子云云。
我完全沒有意願，因為：
——當然對細緻的人，我是渴望的，
但我也知道媽媽對這個圈子，或這類女子毫無興趣。
她自己的細緻絕對不同凡俗（社交上的）：
超乎階級之上：沒有外在標誌。

早上來的護士對媽媽講話像對待一個孩子，
聲音過大，質問式的，帶點責備意味、蠢里蠢氣。
她不知道媽媽在評量她。
〔這就叫愚蠢〕

我們從不談一位母親的聰明，好像這樣就減低了感情
連結，跟她有了距離。其實，所謂聰明，是指所有讓
我們能自在地跟他人共同生活的一切。

*

——母親與宗教
——從不以言詞表達
——對家鄉拜雍人的情感（但是哪一種？）
——對少數族群的善意？
——非暴力

*

基督教：**教會**：當它跟國家、**權力**、殖民主義、
布爾喬亞等等連在一起時，不錯，我們非常反對。

但是那天，像是很理所當然的事，談道：
說到底⋯⋯這還是教會嗎？
在當前意識型態和道德的把戲裡，
教會難道不是唯一仍主張非暴力的地方？

但我跟信仰（當然還有**原罪**問題）之間
還是有很明確的距離。但這重要嗎？有沒有一個
非暴力的**信仰**？（沒有軍事擴張、傳教狂熱？）

基督教（教會）：從大勝到一敗塗地
（沒錯，但美國？卡特之類）

阿島莫若事件[62]：
比殉道者好些，不是英雄：是可憐蟲。

＊

含蓄低調的一種形式：
凡事自己來，不找別人代勞
全憑經驗自給自足
感情聯繫

＊

62 譯註：阿島莫若（Aldo Moro, 1916–1978），義大利二次大戰後
重要政治人物，曾二度出任義大利總理（1963–1968，1974–1976）。
1978年3月16日被左翼恐怖份子劫持，五十四天後被殺害。
義大利政府犧牲了阿島莫若，以換取義大利政局的穩定。

母親的愛是一種傳承，
在我心靈深處奠下人生重大抉擇的基礎。

為什麼我痛恨法西斯。

一個觸媒
我永遠搞不懂軍事主義及其理論的基礎在哪裡。
思想的力量（對我這個懷疑論者，沒有絕對真理）。
我跟暴力的關係。
為什麼我從不能同意為暴力找理由（甚至是真理）：
因為我不能忍受
（以前不能，現在她不在了，還是不能）暴力
對她的傷害，或因為我受到暴力而對她造成傷害。

*

說到媽媽：什麼？阿根廷、阿根廷的法西斯統治、
監禁、政治迫害等等？
她會受不了的。
想像她跟那些子女失蹤的母親和婦女一起到處示威[63]，
我恐駭極了。她要是失去了我，會多麼傷心。

*

完全的存在
　　　絕對的
沒有壓力

有力量，卻沒有壓力

*

<hr>

63　譯註：阿根廷軍政府高壓統治期間（1976–1980），
　　估計有約三萬名兒童失蹤、被害。1977年4月30日，
　　失蹤兒童的母親組成「五月廣場母親協會」（Les Mères de la Place de Mai），
　　每週四在首都布伊諾斯艾利斯政府前的五月廣場繞圈示威。

開始寫：
「我跟她一起生活的日子——也就是我這一輩子——她從不對我指指點點。」

＊

媽媽從不曾對我指指點點——也因此我不能忍受批評。

（見FW的信）

＊

媽媽：（終其一生）：沒有侵略性、沒有小心眼
——她從不、從不曾對我指指點點。
（我對這個字和這件事都極反感。）

＊

（1978.6.16）

一個我不怎麼認識，卻非得去拜訪的女人給我打電話
（騷擾加糾纏），只為告訴我：
在哪一個公車站下車，過馬路要小心，
要不要留下晚餐之類。

媽媽從來不會跟我說這些。
她從不會把我當成一個不負責任的孩子。

＊

翁達伊[64]

不太快樂
這是家族傳統。

64　譯註：Hendaye，法國最西南端小鎮。

Neo Reading 002

哀悼日記（110年紀念版）

原 著 書 名	Journal de deuil
作　　　者	羅蘭·巴特（Roland Barthes）
譯　　　者	劉俐
企 畫 選 書	席芬·劉憶韶
責 任 編 輯	劉憶韶

版　　　權	吳亭儀·江欣瑜
行 銷 業 務	周佑潔·林詩富·吳淑華·吳藝佳
總 編 輯	徐藍萍
總 經 理	彭之琬
事業群總經理	黃淑貞
發 行 人	何飛鵬
法 律 顧 問	元禾法律事務所　王子文律師
出　　　版	商周出版　115 台北市南港區昆陽街 16 號 4 樓
	電話：(02) 25007008　傳真：(02)25007579
	E-mail: bwp.service@cite.com.tw · Blog: http://bwp25007008.pixnet.net/blog
發　　　行	英屬蓋曼群島商家庭傳媒股份有限公司城邦分公司
	115 台北市南港區昆陽街 16 號 8 樓
	書蟲客服務專線：(02)25007718·(02)25007719
	24 小時傳真服務：(02)25001990·(02)25001991
	服務時間：週一至週五 9:30-12:00　13:30-17:00
	劃撥帳號：19863813·戶名：書蟲股份有限公司
	讀者服務信箱 E-mail：service@readingclub.com.tw
香 港 發 行 所	城邦（香港）出版集團有限公司
	香港九龍土瓜灣土瓜灣道 86 號順聯工業大廈 6 樓 A 室
	電話：(852)25086231·傳真：(852)25789337·E-mail: hkcite@biznetvigator.com
馬 新 發 行 所	城邦（馬新）出版集團 Cite (M) Sdn Bhd
	41, Jalan Radin Anum, Bandar Baru Sri Petaling, 57000 Kuala Lumpur, Malaysia.
	Tel: (603)90563833·Fax: (603)90576622　Email: services@cite.my

封 面 設 計	張燕儀
內 頁 排 版	黃暐鵬
印　　　刷	卡樂彩色製版印刷事業有限公司
總 經 銷	聯合發行股份有限公司　新北市 231 新店區寶橋路 235 巷 6 弄 6 樓 2 樓
	電話：(02)2917-8022　傳真：(02)2911-0053

初　　　版	2011 年 2 月 28 日
二 版 1.5 刷	2025 年 1 月 17 日
定　　　價	380 元

城邦讀書花園
www.cite.com.tw

線上回函卡

ISBN 978-626-390-350-0

Cet ouvrage, publié dans le cadre du Programme d'Aide à la Publication《Hu Pinching》, bénéficie du soutien de l'Institut Français de Taipei.

本書獲法國在台協會《胡品清出版補助計劃》支持出版，特此致謝

Journal de deuil by Roland Barthes
© Editions du Seuil/Imec, 2009
Complex Chinese edition copyright © 2024 by Business
Weekly Publications, a division of Cité Publishing Ltd.
All Rights Reserved.

國家圖書館出版品預行編目 (CIP) 資料

哀悼日記 / 羅蘭．巴特 (Roland Barthes) 作；劉俐
　　譯. -- 二版. -- 臺北市：商周出版：英屬蓋曼
　　群島商家庭傳媒股份有限公司城邦分公司發行
　　, 2024.12
　　面；　公分. -- (Neo reading ; 2)
　　譯自：Journal de deuil
　　ISBN 978-626-390-350-0(平裝)

876.6　　　　　　　　　　　　　113016787